CB038569

O Palito Mágico

MATERIAL:

1 LENÇO COM UMA DOBRINHA COSTURADA

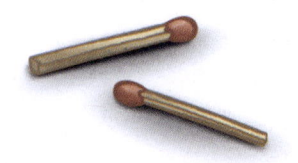

2 PALITOS

PREPARAÇÃO ANTES DA MÁGICA:

1. OBSERVE A DOBRINHA DO LENÇO. SE NÃO ESTIVER ABERTA, DESCOSTURE-A UM POUCO.

2. ESCONDA (BEM ESCONDIDO) UM PALITO NA DOBRINHA.

AGORA, CHAME SEUS AMIGOS E FAÇA A MÁGICA:

1 ESTENDA O LENÇO SOBRE A MESA. O CANTO NO QUAL ESTÁ O PALITO ESCONDIDO DEVE FICAR PERTO DE VOCÊ.

2 ENTÃO, PEGUE OUTRO PALITO, MOSTRANDO-O AOS ESPECTADORES. COLOQUE-O BEM NO CENTRO DO LENÇO.

3 FAÇA A DOBRA "ESPECIAL", DOBRANDO AS PONTAS PARA O MEIO DO LENÇO, DEIXANDO PARA O FINAL A PONTA QUE TEM O PALITO ESCONDIDO.

4 QUANDO DOBRAR A ÚLTIMA PONTA, LEVANTE O LENÇO E VIRE-O PARA BAIXO.

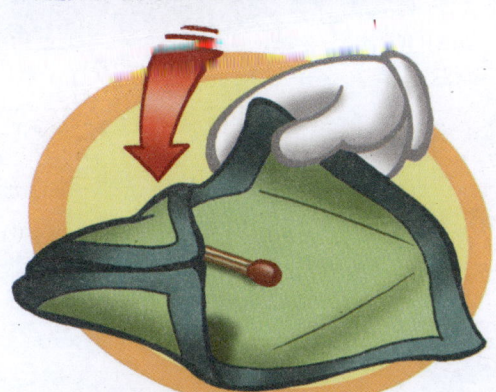

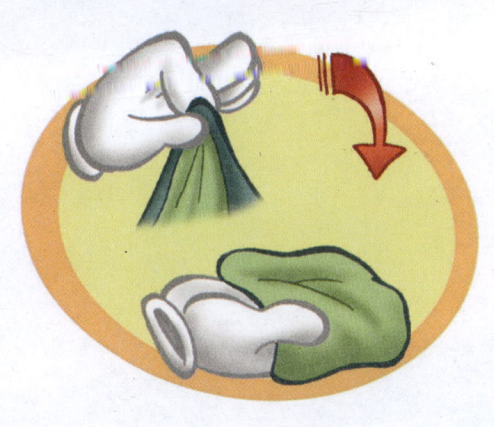

5 PEÇA A UM AMIGO QUE TOQUE O PALITO PARA QUE ELE VEJA QUE CONTINUA ALI, MAS FAÇA-O TOCAR O PALITO ESCONDIDO NA DOBRINHA. ENTÃO, DIGA PARA QUEBRÁ-LO EM QUANTOS PEDAÇOS QUISER.

QUEBRE O PALITO EM QUANTOS PEDAÇOS QUISER!

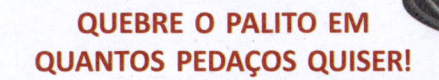

6 DEPOIS, ABRA O LENÇO E SACUDA-O. E APARECERÁ O PALITO INTEIRO, PARA ESPANTO DE TODOS!

Nossa!

Achando a Carta

MOSTRE SUA ESPERTEZA NESTE TRUQUE FÁCIL E SENSACIONAL!

MATERIAL:

1 BARALHO

PREPARAÇÃO ANTES DA MÁGICA:

SE O SEU BARALHO TIVER CARTAS REPETIDAS, RETIRE-AS.

AGORA, CHAME SEUS AMIGOS E FAÇA A MÁGICA:

1 MOSTRE O BARALHO A UM AMIGO E DIGA PARA ELE PEGAR UMA CARTA. PEÇA PARA ELE MEMORIZAR A CARTA E DEVOLVÊ-LA AO BARALHO, COLOCANDO A CARTA SOBRE ELE.

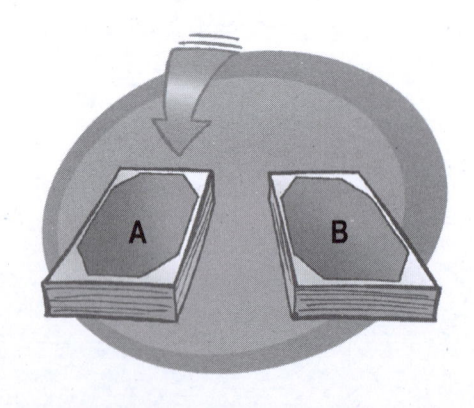

2 VOCÊ CORTA O BARALHO EM DOIS MONTES, **A** E **B**. A CARTA DE SEU AMIGO ESTÁ SOBRE O MONTE **A**.

3 OLHE RAPIDAMENTE A CARTA DO FUNDO DO MONTE **B** (MEMORIZE A CARTA QUE VOCÊ VIU).

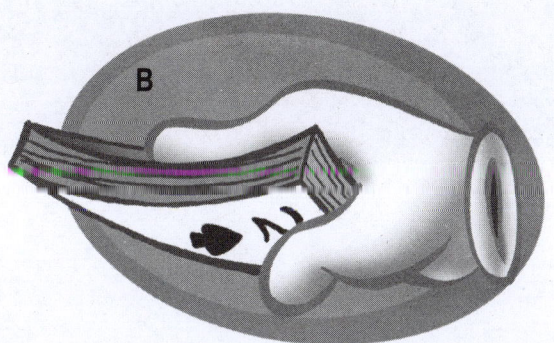

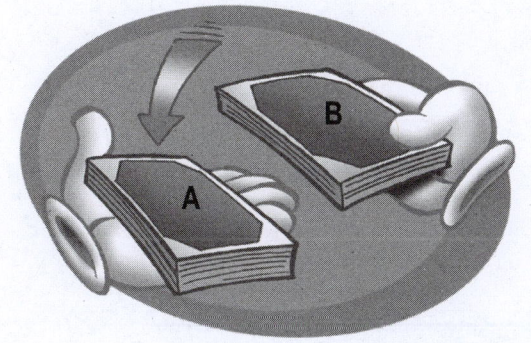

4 EM SEGUIDA, COLOQUE O MONTE **B** EM CIMA DO **A**, DEIXANDO A CARTA QUE VOCÊ VIU EM CIMA DA CARTA QUE SEU AMIGO ESCOLHEU.

5 PEGUE O BARALHO E PROCURE A CARTA QUE VOCÊ VIU NO FUNDO DO MONTE. QUANDO ACHÁ-LA, SIGNIFICA QUE A CARTA DO SEU AMIGO É A PRÓXIMA. ENTÃO, RETIRE-A PARA SURPRESA DE TODOS E DO SEU AMIGO! VOCÊ CONSEGUIU!

3 OLHE RAPIDAMENTE A CARTA DO FUNDO DO MONTE B (MEMORIZE A CARTA QUE VOCÊ VIU).

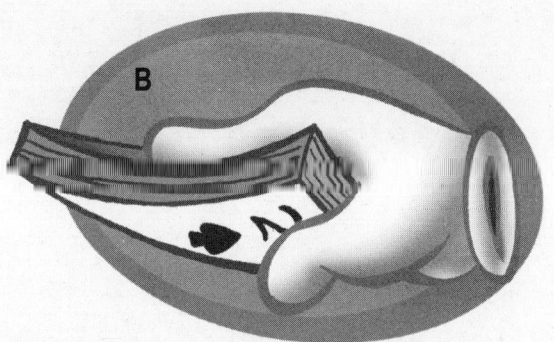

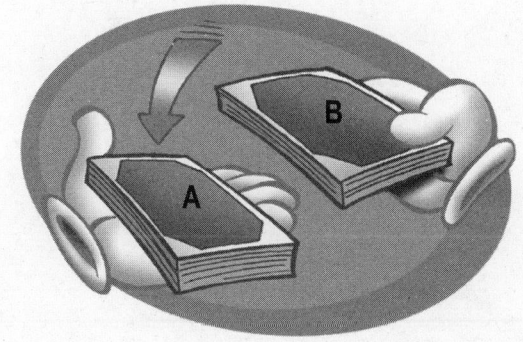

4 EM SEGUIDA, COLOQUE O MONTE **B** EM CIMA DO **A**, DEIXANDO A CARTA QUE VOCÊ VIU EM CIMA DA CARTA QUE SEU AMIGO ESCOLHEU.

AGORA, VOU ACHAR A SUA CARTA!

5 PEGUE O BARALHO E PROCURE A CARTA QUE VOCÊ VIU NO FUNDO DO MONTE. QUANDO ACHÁ-LA, SIGNIFICA QUE A CARTA DO SEU AMIGO É A PRÓXIMA. ENTÃO, RETIRE-A PARA SURPRESA DE TODOS E DO SEU AMIGO! VOCÊ CONSEGUIU!

A Carta Equilibrista

TENTE EQUILIBRAR UM COPO EM UMA CARTA DE BARALHO. VAMOS LÁ! ESSE DESAFIO VOCÊ PODE VENCER ANTES DE SEUS AMIGOS.

MATERIAL:

1 COPO
(DE PREFERÊNCIA O MAIS LEVE POSSÍVEL)

1 CARTA DE BARALHO

ATENÇÃO:

PARA ESTA MÁGICA, VOCÊ DEVE FICAR DE FRENTE PARA OS SEUS AMIGOS, TOMANDO CUIDADO PARA QUE NINGUÉM PASSE ATRÁS DE VOCÊ. TALVEZ SEJA BOM QUE HAJA UMA PAREDE ATRÁS DE VOCÊ, PROTEGENDO-O DOS CURIOSOS.

VAMOS DIRETO PARA A MÁGICA!

1 MOSTRE EM UMA MÃO O COPO E NA OUTRA UMA CARTA DE BARALHO QUALQUER, SIMPLES. ENTÃO VOCÊ DESAFIA:

QUEM DUVIDA QUE EU CONSIGA EQUILIBRAR ESTE COPO SÓ COM ESTA CARTA?

2 ENTÃO, COLOQUE O COPO COM TODO O CUIDADO SOBRE A CARTA.

3 O QUE OS SEUS AMIGOS NÃO PODEM VER É QUE VOCÊ ESTÁ EQUILIBRANDO O COPO COM A AJUDA DO SEU DEDO INDICADOR, RETO PARA CIMA. FINJA QUE ESTÁ SE ESFORÇANDO PARA EQUILIBRÁ-LO.

SEUS AMIGOS VÃO SE ESPANTAR COM TANTO EQUILÍBRIO.

A Mágica de Dois Nós

DOIS NÓS
QUE VOCÊ FAZ EM UMA CORDA
DESAPARECEM ENROLADOS EM SUA
MÃO. É SENSACIONAL!

MATERIAL:

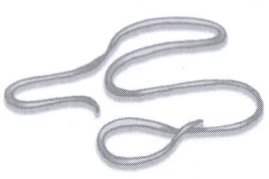

1 CORDA FINA
DE MAIS OU
MENOS 50 CM

PREPARAÇÃO ANTES DA MÁGICA:

1. SEGURE A CORDA COM AS MÃOS NAS DUAS EXTREMIDADES.

2. FORME UM CÍRCULO E SEGURE A CORDA POR ONDE OS FIOS SE ENCONTRAM.

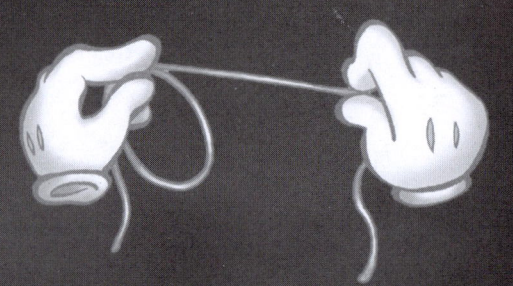

3. ENTÃO, COM O INDICADOR, PASSE UM PEQUENO PEDAÇO DE CORDA PELO CÍRCULO. DEPOIS, PUXE LIGEIRAMENTE NAS EXTREMIDADES, PARA FORMAR UM NÓ.

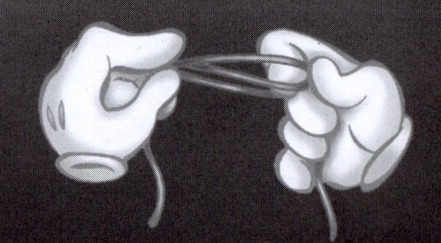

AGORA, CHAME SEUS AMIGOS E FAÇA A MÁGICA:

1 MOSTRE A SEUS AMIGOS OS DOIS NÓS NA CORDA.

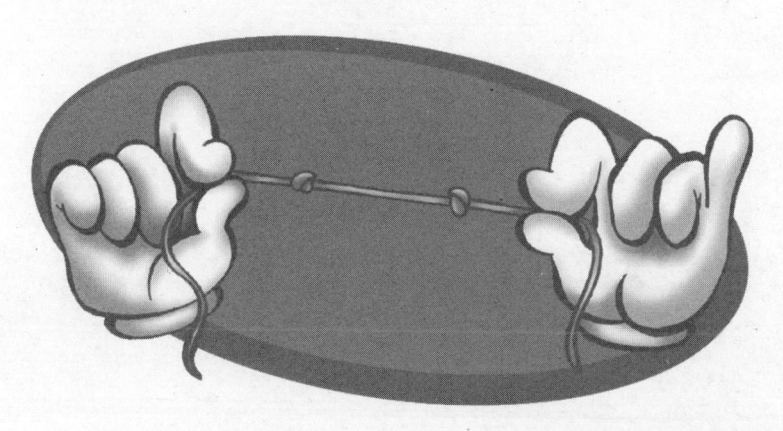

2 ENROLE A CORDA NUMA DAS MÃOS. FAÇA ISSO COM ALGUMA FORÇA, À MEDIDA QUE VOCÊ VAI ENROLANDO NA MÃO (A FORÇA É PARA OS NÓS SE DESFAZEREM SEM QUE SEUS AMIGOS VEJAM).

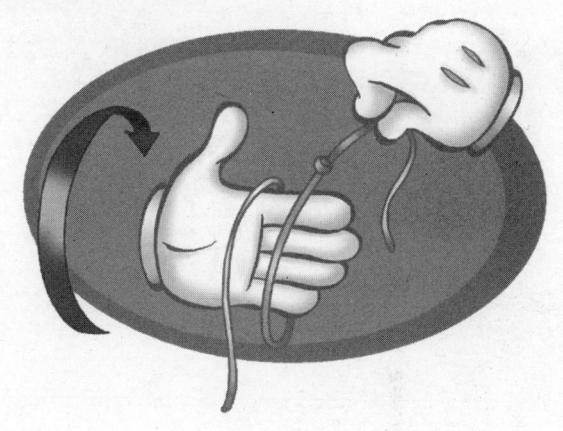

3 ENTÃO, COM SUSPENSE, FECHE A MÃO E SOPRE. DEPOIS, DESENROLE A CORDA E MOSTRE A TODOS QUE NÃO HÁ MAIS NENHUM NÓ! ELES DESAPARECERAM!

Rapidíssimo

> SUAS MÃOS SÃO MAIS RÁPIDAS QUE OS OLHOS DOS SEUS COLEGAS!

MATERIAL:

2 MOEDAS

PREPARAÇÃO ANTES DA MÁGICA:

TREINE ALGUMAS VEZES ANTES DE FAZER ESTA MÁGICA.

VAMOS DIRETO À MÁGICA:

1 MOSTRE A SEUS AMIGOS QUE VOCÊ TEM UMA MOEDA EM CADA MÃO.

2 VIRE A PALMA DAS MÃOS RAPIDAMENTE PARA BAIXO, SOBRE A MESA.

3 QUANDO VOLTAR A MOSTRAR AS MOEDAS, DUAS SE ENCONTRAM DEBAIXO DA MÃO ESQUERDA, E A MÃO DIREITA ESTÁ VAZIA.

EXPLICAÇÃO:

NA REALIDADE, QUANDO VOCÊ VIRA A PALMA DAS MÃOS PARA A MESA, JOGA A MOEDA CONTIDA NA SUA MÃO DIREITA PARA DEBAIXO DA MÃO ESQUERDA, E ENTÃO A ARRASTA! (SEUS AMIGOS NÃO VERÃO NADA SE OS MOVIMENTOS FOREM BEM SINCRONIZADOS.)

Enigma do Livro

MATERIAL:

1 LIVRO
(DE PREFERÊNCIA SEM ILUSTRAÇÕES,
SOMENTE COM TEXTO)

1 BLOCO DE ANOTAÇÕES
1 CANETA

AGORA, CHAME SEUS AMIGOS E FAÇA A ADIVINHAÇÃO:

1 PEÇA A UM AMIGO QUE APANHE UM LIVRO E QUE O ABRA EM QUALQUER PÁGINA.

2 PEÇA A ELE QUE ESCOLHA UMA PALAVRA COM A SEGUINTE REGRA: A PALAVRA DEVE ESTAR SITUADA NAS NOVE PRIMEIRAS LINHAS DA PÁGINA, E NÃO DEVE ESTAR ALÉM DA NONA PALAVRA DESTA MESMA LINHA.

3 APÓS A ESCOLHA, MULTIPLIQUE O **NÚMERO DA PÁGINA** POR 10. DEPOIS, SOME 25. E DAÍ, SOME O **NÚMERO DA LINHA**. O RESULTADO DEVE SER MULTIPLICADO NOVAMENTE POR 10; E, FINALMENTE, SOME O **NÚMERO DA PALAVRA** NA LINHA EM QUE ESTÁ. PEÇA QUE ELE FECHE O LIVRO.

4 NUMA FOLHA DE PAPEL, SEU AMIGO ENTREGARÁ SOMENTE O RESULTADO FINAL. VAMOS SUPOR QUE SEJA 8.745. APÓS REFLETIR POR INSTANTES, VOCÊ PEGA O LIVRO, ABRE NA PÁGINA E LÊ A PALAVRA ESCOLHIDA, PARA ESPANTO DE TODOS.

EXPLICAÇÃO:

1. PARA CONSEGUIR TÃO ASSOMBROSO RESULTADO, BASTA QUE VOCÊ DIMINUA MENTALMENTE 250 DA QUANTIDADE ANOTADA NO PAPEL.

2. NO CASO, O RESULTADO FOI 8.495. "84" CORRESPONDE AO NÚMERO DA PÁGINA, "9" CORRESPONDE AO DA LINHA E "5" AO NÚMERO DE ORDEM DA PALAVRA NA LINHA.

3. A SEQUÊNCIA É A SEGUINTE:

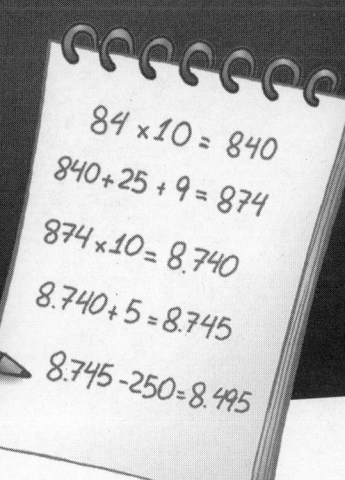

$$84 \times 10 = 840$$
$$840 + 25 + 9 = 874$$
$$874 \times 10 = 8.740$$
$$8.740 + 5 = 8.745$$
$$8.745 - 250 = 8.495$$

DIVIRTA-SE!

Clipes Entrelaçados

> JUNTE DOIS CLIPES SEM TOCÁ-LOS. UMA MÁGICA SIMPLES E IMPRESSIONANTE!

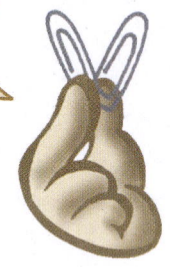

MATERIAL:

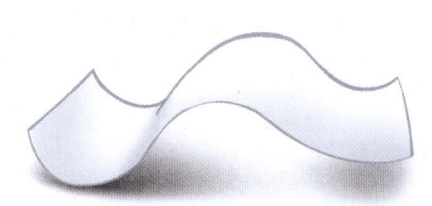

1 PEDAÇO DE PAPEL MACIO
(VOCÊ MESMO PODE AMACIAR O PAPEL)

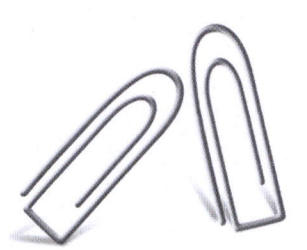

2 CLIPES

VAMOS DIRETO PARA A MÁGICA:

1. PEGUE A FOLHA DE PAPEL, DOBRE UM TERÇO DELA E PRENDA COM UM CLIPE.

2 DOBRE O OUTRO TERÇO DO PAPEL, PRENDENDO-O COM O CLIPE AO TERÇO DO MEIO.

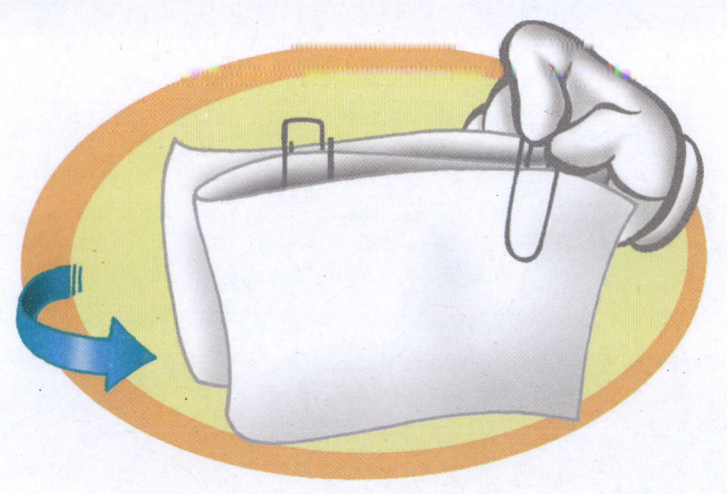

3 AGORA, SEGURE A FOLHA DE PAPEL EM CADA EXTREMIDADE E PUXE COM SUAVIDADE. OS CLIPES VÃO APROXIMANDO-SE. QUANDO ELES ESTIVEREM BEM PRÓXIMOS, PUXE COM UM GOLPE SECO. OS CLIPES SALTARÃO E CAIRÃO SOBRE A MESA, TOTALMENTE PRESOS UM AO OUTRO.

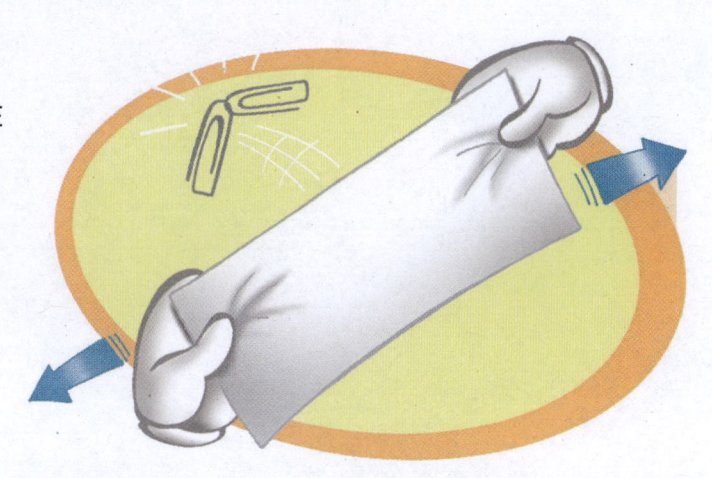

Mágica para Esquentar

FAÇA APARECER QUATRO ASES DO JOGO DE UMA MANEIRA INCRÍVEL!

MATERIAL:

1 BARALHO

PREPARAÇÃO ANTES DA MÁGICA:

1. ABRA O BARALHO E AGRUPE TODOS OS QUATRO ASES, PONDO-OS POR ÚLTIMO.

2. FECHE O BARALHO E PONHA-O SOBRE A MESA COM AS FACES VIRADAS PARA BAIXO.

AGORA, CHAME SEUS AMIGOS E FAÇA A MÁGICA:

SEM DIZER NADA A SEU AMIGO, EMBARALHE AS CARTAS NA FRENTE DELE, TENDO O CUIDADO DE NÃO RETIRAR OS ASES DO FINAL DO BARALHO.

2 FAÇA SEU AMIGO CORTAR
O BARALHO, MAS SEM COLOCAR UM
MONTE SOBRE O OUTRO.
DEIXE-OS LADO A LADO. VAMOS
CHAMAR OS DOIS MONTES DE **A** E **B**.
A É A PARTE QUE POSSUI OS ASES E
B, A PARTE SUPERIOR.

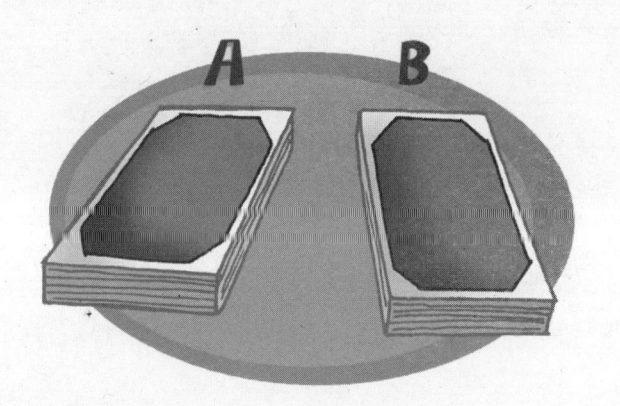

3 PEÇA A SEU AMIGO QUE PONHA O DEDO SOBRE UM DOS MONTES.
SE ELE ESCOLHER **A**, DIGA-LHE PARA PEGÁ-LO; SE ELE, ENTRETANTO, ESCOLHER
B, PEGUE ESSE MONTE E O COLOQUE DE LADO E DÊ A ELE O **A**. ASSIM NÃO
TEM ERRO! PEÇA A SEU AMIGO PARA DISTRIBUIR AS CARTAS COMEÇANDO POR
BAIXO, UMA POR UMA, COLOCANDO QUATRO
CARTAS LADO A LADO, DEPOIS MAIS QUATRO,
REPETINDO ISSO POR QUATRO VEZES.

4 DIGA A SEU AMIGO QUE VIRE
AS PRIMEIRAS QUATRO CARTAS: ESSAS
SÃO OS QUATRO ASES. VOCÊ VAI
SURPREENDER A TODOS! É IMPORTANTE
FAZER ESTA MÁGICA APENAS UMA VEZ,
MESMO QUE LHE PEÇAM PARA REPETI-LA.

Mudando o Conteúdo

> ONDE HAVIA PALITOS EM UMA CAIXA DE FÓSFOROS, AGORA HÁ UM LENÇO. É MAIS UMA MÁGICA SENSACIONAL!

MATERIAL:

1 CAIXA DE FÓSFOROS CHEIA	1 LENÇO PEQUENO	TESOURA	COLA

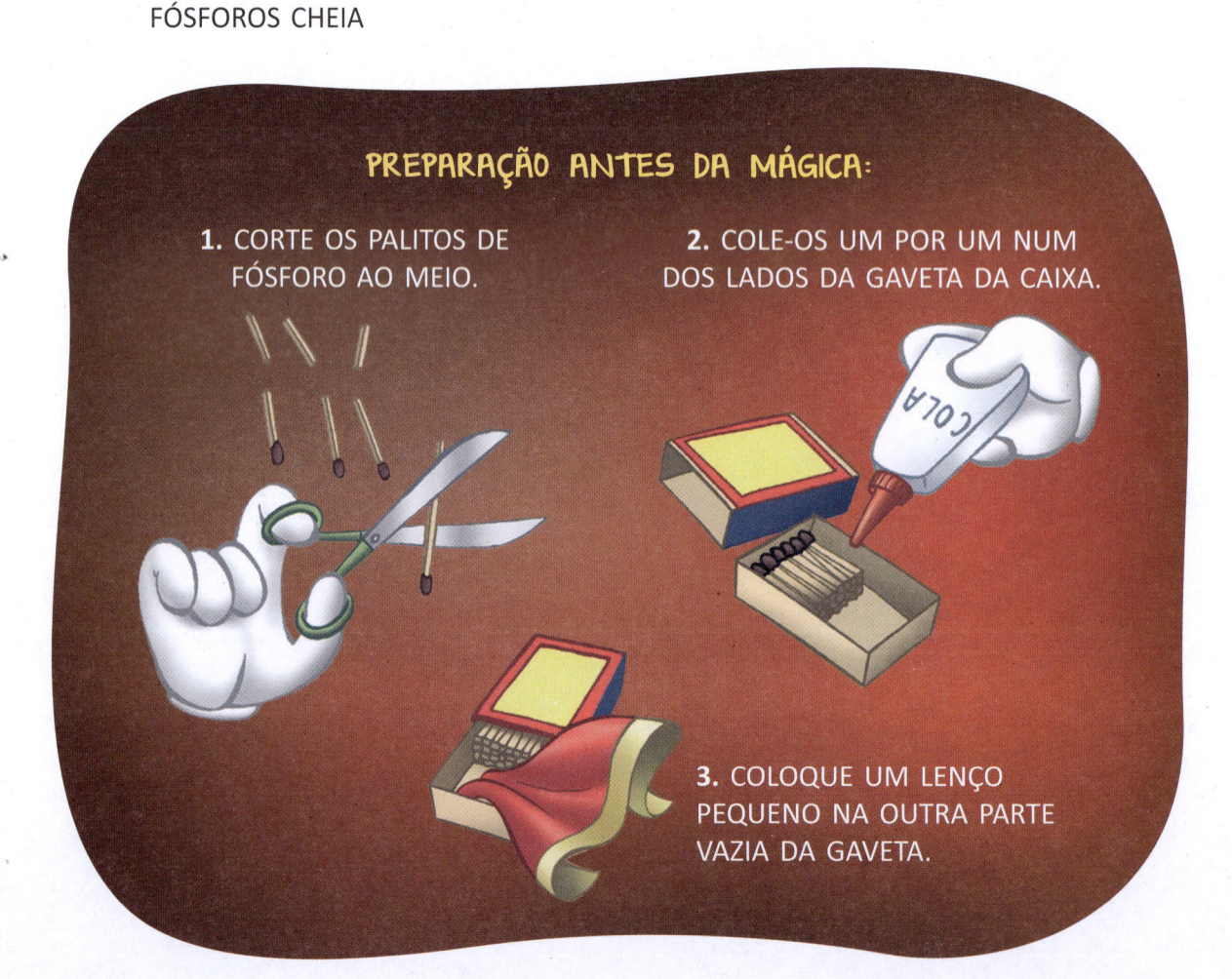

PREPARAÇÃO ANTES DA MÁGICA:

1. CORTE OS PALITOS DE FÓSFORO AO MEIO.

2. COLE-OS UM POR UM NUM DOS LADOS DA GAVETA DA CAIXA.

3. COLOQUE UM LENÇO PEQUENO NA OUTRA PARTE VAZIA DA GAVETA.

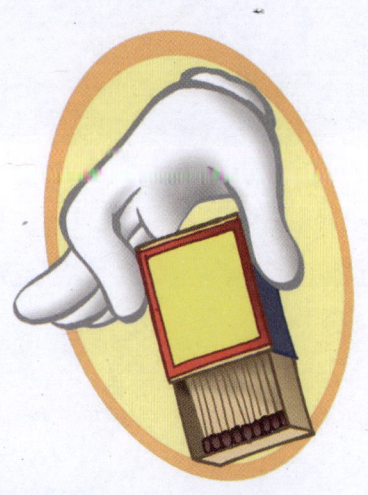

1 MOSTRE AOS SEUS AMIGOS A CAIXA
DE FÓSFOROS. ABRA A GAVETA ATÉ A
METADE, PARA QUE TODOS VEJAM QUE
ELA ESTÁ CHEIA DE PALITOS.

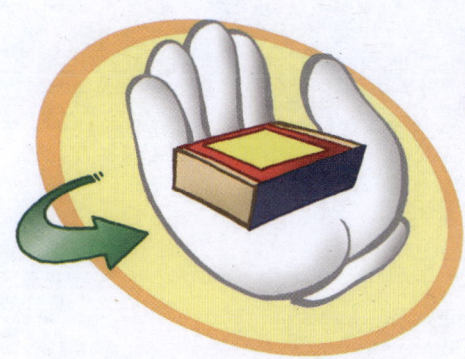

2 FECHE A CAIXA E DIGA ALGUMAS
PALAVRAS MÁGICAS.
SEM QUE NINGUÉM PERCEBA, DÊ
MEIA-VOLTA NA CAIXA DE FÓSFOROS.
SE PRECISAR, ASSOPRE A CAIXA ENTRE
OS SEUS DEDOS PARA ESCONDÊ-LA
DOS OLHARES ATENTOS, E, ASSIM,
VOCÊ PODERÁ GIRÁ-LA COM MAIS
FACILIDADE.

3 ABRA A CAIXA DE FÓSFOROS
NOVAMENTE E MOSTRE A TODOS O
QUE HÁ DENTRO DELA: UM LENÇO!
RETIRE-O PARA ESPANTO DE TODOS
OS SEUS AMIGOS. ELES FICARÃO
INCRÉDULOS!

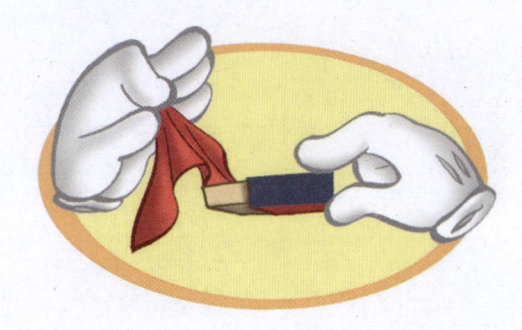

 DICA:

QUANDO TERMINAR A MÁGICA, PASSE PARA OUTRO
ASSUNTO OU FAÇA RAPIDAMENTE OUTRA MÁGICA,
MAS RETIRE A CAIXA DE FÓSFOROS DA VISTA DOS
AMIGOS. NESSE ASSUNTO, É SEMPRE MUITO BOM
DEIXAR UM POUCO DE MISTÉRIO NO AR.

O Resultado Antes da Jogada!

DEIXE SEUS AMIGOS MAIS UMA VEZ ESPANTADOS COM A SUA CAPACIDADE DE ADIVINHAR!

MATERIAL:

3 DADOS

CANETA E PAPEL

VAMOS DIRETO PARA A ADIVINHAÇÃO:

1 ESCREVA O NÚMERO 18 NUM BILHETE, DOBRE-O E DEIXE SOBRE A MESA, DE LADO.

2 PEÇA A SEUS AMIGOS QUE JOGUEM OS DADOS. ENTÃO, EM UMA OUTRA FOLHA DE PAPEL, ANOTE OS TRÊS NÚMEROS DOS DADOS, INDO DO MAIOR PARA O MENOR. VAMOS SUPOR QUE OS NÚMEROS ANOTADOS SEJAM: 6, 3 E 1.

3 DESSE NÚMERO, PEÇA QUE SEU AMIGO SUBTRAIA O INVERSO DELE. ISSO SIGNIFICA QUE ELE DEVERÁ FAZER COMO NESTE EXEMPLO: 631-136. ELE DEVE OBTER O RESULTADO: 495. AGORA, PEÇA QUE ELE SOME OS TRÊS DÍGITOS DESSE NÚMERO, OU 4 + 9 + 5 = 18.

4 DIGA, ENTÃO, PARA SEU AMIGO DESDOBRAR O BILHETE QUE VOCÊ TINHA COLOCADO DE LADO, NO INÍCIO. HAVERÁ UMA GRANDE ADMIRAÇÃO. O NÚMERO É 18!

 VOCÊ NUNCA DEVE SE PREOCUPAR COM ESSA CONTA, POIS O RESULTADO SEMPRE SERÁ 18.

Cadê a Caixa Cheia?

PROPONHA A SEUS AMIGOS QUE ELES ENCONTREM A CAIXA DE FÓSFOROS CHEIA. SÓ QUE VOCÊ SABE QUE ELES NUNCA VÃO ACHAR!

MATERIAL:

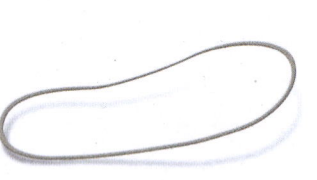

4 CAIXAS DE FÓSFOROS   ELÁSTICO

USE MANGA COMPRIDA PARA ESTA MÁGICA.

PREPARAÇÃO ANTES DA MÁGICA:

DAS QUATRO CAIXAS DE FÓSFOROS, TRÊS DEVEM ESTAR COMPLETAMENTE VAZIAS, E A QUARTA DEVE TER CINCO OU SEIS PALITOS. PONHA UM ELÁSTICO NO PULSO DIREITO E PRENDA A CAIXA COM OS PALITOS NELE. SEUS AMIGOS NÃO DEVEM SABER, POR ISSO, VOCÊ DEVE USAR MANGAS COMPRIDAS.

AGORA, CHAME OS SEUS AMIGOS E FAÇA A MÁGICA:

DEIXE AS TRÊS CAIXAS VAZIAS SOBRE A MESA (SEUS AMIGOS NÃO SABEM DISSO). DIGA QUE UMA DAS CAIXAS CONTÉM ALGUNS PALITOS. ENTÃO, VOCÊ PEGA UMA DELAS COM A MÃO DIREITA E CHACOALHA BEM FORTE, E TODOS VÃO OUVIR O BARULHO. (MAS ESSE BARULHO VEM DOS PALITOS DA CAIXA QUE VOCÊ TEM ESCONDIDA NA MANGA.)

CLAC CLAC

2 VOCÊ PEGA AS OUTRAS DUAS CAIXAS COM A MÃO ESQUERDA E TAMBÉM AS CHACOALHA, SÓ QUE NÃO FARÃO BARULHO. E TODOS PENSAM QUE AS DUAS ESTÃO VAZIAS E A OUTRA ESTÁ CHEIA.

3 AGORA MISTURE AS CAIXAS RAPIDAMENTE E FAÇA O DESAFIO: QUEM É CAPAZ DE ENCONTRAR A CAIXA COM PALITOS? EU DUVIDO QUE CONSIGAM!

4 VOCÊ PODE EMBARALHAR AS CAIXAS TODA VEZ QUE HOUVER UMA TENTATIVA. NA QUARTA VEZ, VOCÊ RESOLVE DAR UMA CHANCE E DEIXA ELES ESCOLHEREM DUAS VEZES. FINALMENTE, VOCÊ ANUNCIA QUE FEZ UMA MÁGICA E ABRE AS TRÊS CAIXAS: SEUS AMIGOS VÃO FICAR SURPRESOS AO VER QUE NÃO HÁ PALITOS EM NENHUMA DELAS.

QUEM É CAPAZ DE ENCONTRAR A CAIXA COM PALITOS? EU DUVIDO QUE CONSIGAM!

VOCÊ COMEÇA A SER RESPEITADO COMO UM BOM MÁGICO!

O Nó mais Rápido

ESTA É A MANEIRA DE SE FAZER O NÓ MAIS RÁPIDO DO MUNDO!

MATERIAL:

CORDAS

VAMOS AO MODO DE FAZER UM NÓ MUITO RÁPIDO:

1 PRIMEIRAMENTE, A CORDA DEVE DESCANSAR EM SUA MÃO. PARA VISUALIZAR MELHOR, OLHE A FIGURA. UMA DAS EXTREMIDADES DA CORDA DEVE PENDER PELA FRENTE DA MÃO ESQUERDA, E A OUTRA EXTREMIDADE DEVE PENDER POR TRÁS DA PALMA DA MÃO DIREITA.

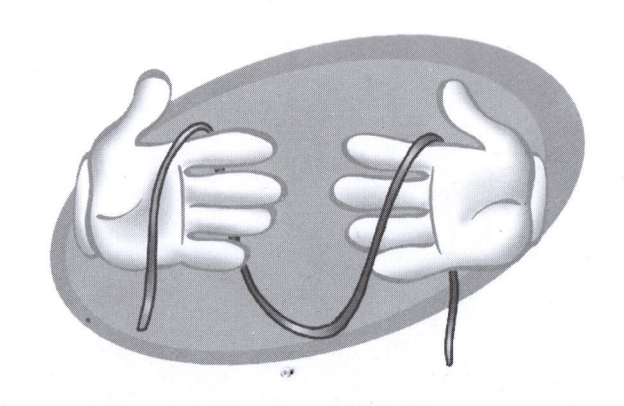

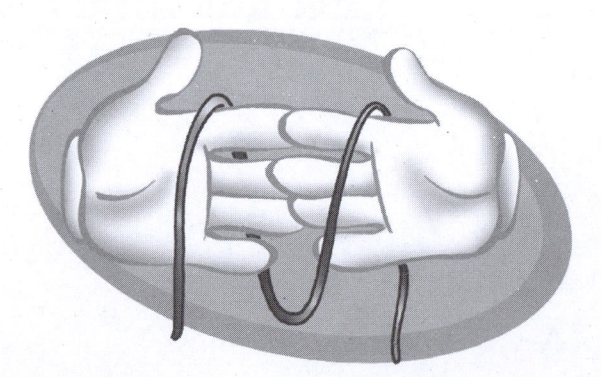

2 ENTÃO, PREPARE-SE. APROXIME AS DUAS MÃOS, E TODOS OS DEDOS DEVEM ESTAR ABERTOS.

3 O INDICADOR E O MÉDIO DA MÃO DIREITA VÃO PEGAR A CORDA QUE PENDE NA PALMA DA MÃO ESQUERDA. JÁ O INDICADOR E O MÉDIO DA MÃO DIREITA VÃO SE APROXIMANDO DA CORDA QUE PENDE POR TRÁS DA MÃO ESQUERDA.

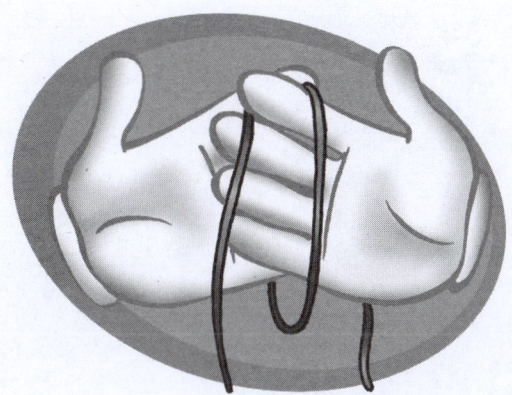

4 COM AS DUAS EXTREMIDADES PRESAS PELOS SEUS INDICADORES E MÉDIOS, VOCÊ VAI SEPARANDO AS MÃOS. E O NÓ SE FORMOU! PRIMEIRAMENTE, VOCÊ FAZ BEM DEVAGAR, PARA FICAR BEM CRAQUE NO PROCEDIMENTO. DEPOIS, FARÁ CADA VEZ MAIS RÁPIDO, ATÉ QUE FIQUE MUITO RÁPIDO.

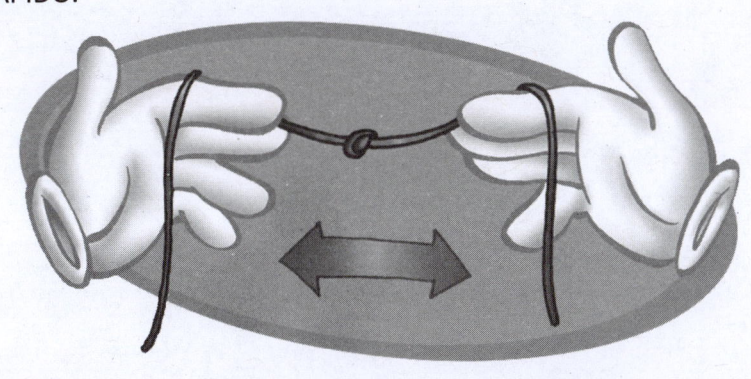

AGORA, DESAFIE SEUS AMIGOS PARA FAZER UMA COMPETIÇÃO DE QUEM FAZ O NÓ MAIS RÁPIDO. DISTRIBUA VÁRIAS CORDAS E PREPARE-SE PARA VENCER TODAS!

Sempre o Sete Certo

ENTRE QUATRO SETES DO BARALHO, VOCÊ SEMPRE ADIVINHA A CARTA QUE SEU AMIGO ESCOLHEU! VOCÊ VAI ADORAR AS EXPRESSÕES DE INCREDULIDADE DE SEUS AMIGOS!

MATERIAL:

1 BARALHO

PREPARAÇÃO ANTES DA ADIVINHAÇÃO:

1. OBSERVE BEM AS CARTAS DE NÚMERO 7 DO SEU BARALHO; VOCÊ PERCEBERÁ QUE ESSAS CARTAS POSSUEM UMA DIFERENÇA EM SEU CENTRO. NA FIGURA, VOCÊ OBSERVA QUE HÁ UM SÍMBOLO A MAIS NA PARTE DE CIMA, E UM PONTO VAZIO NA PARTE DE BAIXO.

2. AO PERCEBER ISSO, VOCÊ DEVE ARRUMAR AS QUATRO CARTAS DE MANEIRA QUE FIQUEM TODAS COM OS PONTOS VAZIOS PARA BAIXO.

1 SEGURE AS CARTAS COM AS FACES VIRADAS APENAS PARA SEU AMIGO, DE MANEIRA QUE VOCÊ NÃO POSSA VÊ-LAS. ENTÃO, DIGA A ELE PARA ESCOLHER UM DOS QUATRO SETES, QUE VOCÊ VAI ADIVINHAR QUAL É DEPOIS.

2 QUANDO ELE ESCOLHER, VOCÊ RETIRARÁ A CARTA PARA CONFIRMÁ-LA, MAS SEM VIRÁ-LA PARA VOCÊ. DIGA QUE VAI RECOLOCÁ-LA.

3 AO RECOLOCAR, VOCÊ DÁ MEIA VOLTA NA CARTA, E O ESPAÇO VAZIO FICARÁ PARA CIMA. MAS FAÇA ISSO COMO SE FOSSE ABSOLUTAMENTE NORMAL.

4 ENTÃO, ENTREGUE AS CARTAS A SEU AMIGO PARA QUE ELE AS MISTURE. QUANDO ESTIVEREM EMBARALHADAS, ELE DEVE DEVOLVÊ-LAS PARA VOCÊ. VOCÊ, ENTÃO, OLHA PARA AS CARTAS E PENSA UM POUCO. E ESCOLHE A CARTA CERTA.

NESSA ADIVINHAÇÃO VOCÊ JAMAIS VAI ERRAR!

Pessoas com Muito em Comum!

DUAS PESSOAS DIFERENTES PODEM TER TANTAS COISAS EM COMUM QUE CHEGAM A ESCOLHER A MESMA CARTA SEM VER? É DEMAIS, HEIN?

MATERIAL:

1 BARALHO VELHO

2 CANETAS IGUAIS, SÓ QUE UMA BOA (COM TINTA) E OUTRA CANETA SECA (SEM TINTA). AS CANETAS NÃO PODEM SER TRANSPARENTES, OU SEJA, NÃO PODEM MOSTRAR AS CARGAS.

PREPARAÇÃO ANTES DA MÁGICA:

COM A CANETA BOA, VOCÊ FAZ UM GRANDE X NA FRENTE E ATRÁS DE UMA CARTA QUE VOCÊ ESCOLHEU AO ACASO. PONHA ESSA CARTA NO MEIO DO BARALHO.

AGORA, CHAME SEUS AMIGOS E FAÇA A MÁGICA:

VOCÊ ESCOLHE DOIS AMIGOS. DIGA QUE, SEM SABER, ELES VÃO MARCAR A MESMA CARTA, PORQUE POSSUEM ALGO EM COMUM.

2 PEGUE O BARALHO E A CANETA SEM TINTA (ELES NÃO PODEM SABER QUE A CANETA NÃO TEM TINTA) E ENTREGUE PARA UM DOS AMIGOS ESCOLHIDOS. PEÇA PARA COLOCAR O BARALHO PARA TRÁS, ESCOLHER UMA CARTA E MARCÁ-LA COM UM GRANDE X NA PARTE DA FRENTE. DEPOIS, PEÇA PARA ELE COLOCAR A CARTA NO MEIO DO BARALHO, TUDO ISSO SEM VER AS CARTAS.

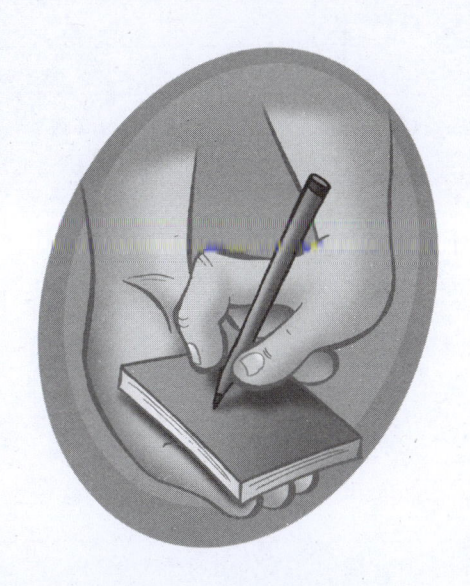

3 QUANDO ELE DEVOLVER O BARALHO, VOCÊ, ENTÃO, ENTREGA-O PARA A OUTRA PESSOA, JUNTAMENTE COM A CANETA SEM TINTA. ESTA PESSOA TAMBÉM ESCOLHE UMA CARTA E A MARCA COM UM GRANDE X, SÓ QUE DESTA VEZ ATRÁS DA CARTA. TUDO SEM VER AS CARTAS, COM AS MÃOS PARA TRÁS. DEPOIS, DIGA PARA COLOCAR A CARTA NO MEIO DO BARALHO.

4 VOCÊ PEGA O BARALHO E GUARDA A CANETA NO BOLSO. A CANETA BOA ESTÁ NO SEU OUTRO BOLSO. AGORA, DIGA A TODOS QUE SERIA QUASE IMPOSSÍVEL QUE DUAS PESSOAS PUDESSEM ESCOLHER A MESMA CARTA SEM VER. COLOQUE AS CARTAS NA MESA E PROCURE PELA QUE TENHA O X. AO ENCONTRÁ-LA, VIRE A CARTA E VOCÊ VERÁ O OUTRO X NA MESMA CARTA. SORRIA E DIGA QUE ESSES DOIS TÊM MESMO MUITA COISA EM COMUM!

SE ALGUÉM INSISTIR EM VER A CANETA, PASSE A CANETA BOA. SERÁ UM ARRASO!

Dados Muito Espertos

MATERIAL:

PAPEL E LÁPIS

COLA

4 DADOS PEQUENOS QUE
CAIBAM DENTRO DE UMA
CAIXA DE FÓSFOROS

1 CAIXA DE FÓSFOROS
(PODE SER DE FÓSFOROS GRANDES)

PREPARAÇÃO ANTES DA MÁGICA:

1. COLE OS DADOS NO FUNDO DA CAIXA DE FÓSFOROS. ELES DEVEM FORMAR QUALQUER COMBINAÇÃO DE NÚMEROS, MAS VOCÊ DEVE MEMORIZÁ-LOS. POR EXEMPLO, SUPONHA QUE VOCÊ COLOU OS DADOS COM O 4 E O 5 VIRADOS PARA CIMA. MEMORIZE ESSES NÚMEROS.

2. FAÇA UMA PEQUENA MARCA NA CAIXA, PARA VOCÊ SABER QUAL LADO ESTÁ VAZIO.

AGORA, CHAME SEUS AMIGOS E FAÇA A MÁGICA:

DIGA A SEUS AMIGOS QUE VOCÊ VAI PREDIZER QUAIS OS NÚMEROS QUE OS DADOS VÃO FORNECER E QUAL A SOMA TOTAL. PARA QUE NÃO HAJA DÚVIDA SOBRE ISSO, VOCÊ ESCREVE NUMA FOLHA DE PAPEL O SEGUINTE: "OS DADOS VÃO SOMAR 9 E OS NÚMEROS SERÃO 4 E 5!" E DEIXA A FOLHA DOBRADA SOBRE A MESA.

2 AÍ VOCÊ PEGA DOIS DADOS E OS COLOCA NO LADO VAZIO DA CAIXA DE FÓSFOROS.

3 PARA DEMONSTRAR QUE NÃO HÁ NENHUMA ARMAÇÃO COM OS DADOS, VOCÊ MOSTRA OS DADOS SOLTOS PARA TODOS VEREM.

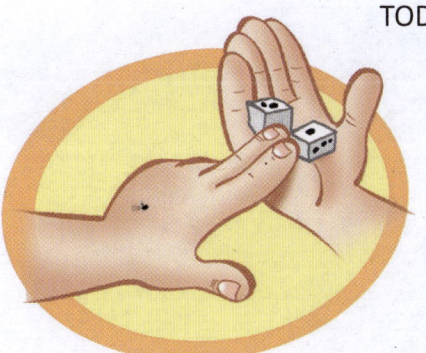

4 INCLUSIVE PODE RETIRAR OS DADOS DA CAIXA E DEIXAR QUE AS PESSOAS OS EXAMINEM. MAS NÃO A CAIXA DE FÓSFOROS.

5 ENTÃO, VOCÊ COLOCA OS DADOS NA CAIXA DE FÓSFOROS E A CHACOALHA UM POUCO.

6 TOMANDO CUIDADO PARA ABRIR PELO LADO DOS DADOS GRUDADOS, VOCÊ MOSTRA O RESULTADO PARA SEUS AMIGOS.

7 VOCÊ, ENTÃO, PEGA A FOLHA DE PAPEL E PEDE PARA SEU AMIGO LER. ELE DEVE DIZER QUE É ISSO MESMO! ELES O TOMARÃO COMO VERDADEIRO ADIVINHO.

SE VOCÊ QUISER, PODE CONTINUAR A FAZER PREVISÕES, MAS TOME CUIDADO PARA NÃO REVELAR O SEU SEGREDO.

A Mágica Impossível

DEPOIS DE FAZER INÚMERAS MÁGICAS, QUANDO O SEU REPERTÓRIO PARECE TER ACABADO, VOCÊ SURPREENDE COM UMA MÁGICA SIMPLESMENTE IMPOSSÍVEL!

MATERIAL:

1 LÁPIS

1 BARALHO

PREPARAÇÃO ANTES DA MÁGICA:

1. RETIRE UMA CARTA QUALQUER DO BARALHO E FAÇA, COM O LÁPIS, DOIS PONTOS QUASE IMPERCEPTÍVEIS NOS DOIS CANTOS DA CARTA, QUE POSSAM SER VISTOS POR VOCÊ AO ESPALHAR O BARALHO SOBRE A MESA.

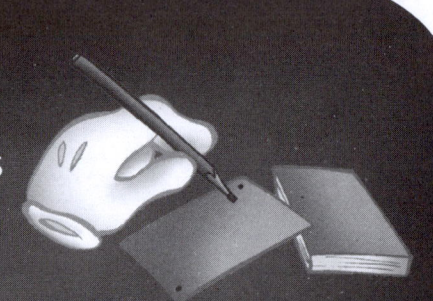

2. AÍ, VOCÊ COLOCA ESSA CARTA NO BARALHO VIRADO PARA BAIXO, EXATAMENTE NA POSIÇÃO 26ª (VIGÉSIMA SEXTA). ESSA CARTA MARCADA SERÁ SUA CARTA-CHAVE.

AGORA, CHAME SEUS AMIGOS E FAÇA A MÁGICA:

1 COLOQUE O BARALHO COM A FACE VIRADA PARA BAIXO SOBRE A MESA.

2 PEÇA PARA ALGUÉM CORTAR O BARALHO, MAS DEVE FAZÊ-LO CORTANDO MAIS DE A METADE. COLOQUE O SEGUNDO MONTE À DIREITA DO PRIMEIRO.

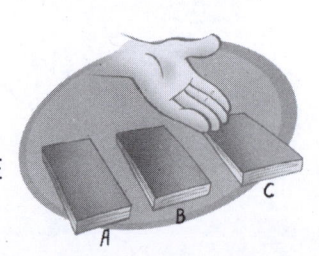

3 AGORA, PEÇA QUE SEU AMIGO CORTE O SEGUNDO MONTE PELA METADE. TEREMOS, ASSIM, TRÊS MONTES: **A**, **B** E **C**.

4 DIGA AO SEU AMIGO PARA PEGAR O MONTE **C** E EMBARALHÁ-LO. DIGA TAMBÉM: "DEPOIS DE EMBARALHAR, VEJA A CARTA DE CIMA DO MONTE, MEMORIZE-A E DEVOLVA O MONTE AO SEU LUGAR".

5 FEITO ISSO, DIGA PARA COLOCAR O MONTE **C** SOBRE O MONTE **B**.

6 AGORA, PEÇA A ELE QUE PEGUE O MONTE **A** E EMBARALHE E, DEPOIS, COLOQUE SOBRE O OUTRO MONTE.

7 AGORA, PEGUE O BARALHO E ESPALHE-O SOBRE A MESA, DA ESQUERDA PARA A DIREITA, DE MANEIRA QUE VOCÊ VEJA TODAS AS CARTAS, COMO NA ILUSTRAÇÃO.

8 PEÇA PERMISSÃO A SEU AMIGO PARA QUE VOCÊ PEGUE NO PULSO DELE, POIS SERÁ O DEDO DELE QUE DIRÁ QUAL É A CARTA, EMBORA ELE MESMO NÃO SAIBA ONDE ESTÁ.

9 A ESSA ALTURA, VOCÊ JÁ IDENTIFICOU A SUA CARTA MARCADA. ENTÃO, ESSA CARTA-CHAVE É A NÚMERO 1 E, A PARTIR DELA, CONTE ATÉ 26. SE O BARALHO ACABAR ANTES DE 26, VOLTE AO PRINCÍPIO E CONTINUE CONTANDO. CUIDADO PARA NÃO DEIXAR NENHUMA CARTA PARA TRÁS. TENHA CERTEZA DE QUE CONTOU CERTO.

10 PASSE VÁRIAS VEZES A MÃO DE SEU AMIGO SOBRE O BARALHO, COMO FORMA DE FAZER MAIS SUSPENSE. E, FINALMENTE, VOCÊ PARA SOBRE A VIGÉSIMA SEXTA CARTA, A PARTIR DE SUA CARTA-CHAVE, E DIZ: "FOI ESTA QUE VOCÊ ESCOLHEU!".

11 RETIRE A CARTA DO BARALHO E VIRE-A. PARA SURPRESA DE TODOS, É A CARTA QUE SEU AMIGO ESCOLHEU!

ESTA É REALMENTE INCRÍVEL, NÃO ACHA? EXPERIMENTE!